기분은 노크하지 않는다

기분은 노크하지 않는다

유수연 시집

창비

차
례

제2부 · 사람을 하는 중이다

제 1 부

계신다 생각하면 계신다

직성

이런다고 풀릴 게 아니다

우리 영혼은 껍질에 둘러싸여 있고
너는 내가 잠들었을 때

내 비늘이 비비빅 하는 소리를 들었다

가슴에 얼굴을 얹는 건 진부하지만 따뜻한 온도다

비비빅은 어떤 소리일까

혹시 공감각적 심상이니?
물어보려 하니 너는 언제나 잠들어 있다

이런다고 끝날 일이 아니다

아슬아슬하다, 정말 그렇지 않니?
언제 엄마가 들이닥칠지 몰라 내가 오면 말이야
걸쇠를 꼭 걸어둬 숨을 시간은 벌어야 할 거 아냐

새로 우리가 집을 구했지만 우리의 집이지만
도망치면 들킬 수밖에 없었다

도망치면 들킨다
도망치면 들킨다

이런 생각이 풀리지 않게 되었을 때
망치가 닳기 시작했다

믿음 조이기

잘 버티고 있다

그거 하나쯤이야
사는 데 문제없으므로

나를 버리고 싶은 생각을 겨우 참아본다

모든 사람을 지우고 싶은 날
조용히 운동장을 도세요

이런 생각은 그만 접어두자 말하며
이런 생각은 그만 잊어버리자 생각하며

운동장을 잊을 정도로 돌았다

잊으려 할수록 또렷해지면 대개 그 생각이다
그러면 주먹을 쥐었다

누군가 울면 따라 울 힘을 남긴 채

닿지도 않을 대답을 준비한다

날씨가 좋네요 날씨가 좋아요 같이 걸을까요 날씨가 좋
아요

마주 오는 사람의 눈을 내가 먼저 보았다

두어번 주저앉았지만 일어나 마저 운동장을 돌기로 했다

생각 담그기

뼈 없이 붙는 살이 없듯

내가 먹은 게 나를 만들고 나를 담은 게 나를 말한다

물을 채우면 물병이 된다

이끼를 풀기 위해
비우고 채우고 있었다

물을 기르던 네가
꽉 쥔 주먹을 힘차게 던지고

가장 먼 물수제비를 본다

영영 찾기 힘들 것이다

주워 담을 수 없는 건
놓은 후에 잡고 싶어지니까

그래도 흘러가는 걸 잡고 싶다
내 앞에서 울던 때

처음 진심을 들키고 싶었다

생각 만지기

잘 기다린다

바라보고 있으니 내가 갇힌 것 같다, 이 생각은 책에서 보았던 문장
아직 내 생각은 구하지 못했다

묘사하지 않아도 괜찮다
많은 사람이 각자의 것을 생각하고 있으므로

눈이 어디에 있는지

마주치고 싶지 않았다 고개를 여러 방향으로 돌리니까
고개를 갸웃하는 것이 알아듣는 의미는 아니니까

사방으로 뚫려 있다, 사방이 도망칠 곳이지만
도망친 것은 없다

손을 뻗어보았다

아무것도 없다, 이 생각은 빌려 온 것이라 살려주기로
했다
이 세계에 쓸모없는 생명은 없으니까

아니다 여덟 정도는 있다

부드럽다, 이 생각은 별로인 것 같아 혼자 만지고 놀았다

손이 겨우 닿을 벽에 걸어두었다

잠시 나왔기에 앉아 있으라고 했다
오래 서 있었으므로

생각 밝히기

누를수록 자랐다

책에 그은 밑줄이 두꺼워지고
힘이 자란 줄마다 강조되는 말이 있다

그것은 펼쳐도 변하지 말아야 한다

교실을 옮길 수 없다

집 앞으로 옮기면 지각하지 않고
그곳으로 집을 옮기면

모두 집으로 돌아온 것이다

영혼이 깨진 이가 담뱃불을 빙빙 돌리고 있다
그 사라지는 원에 채울 게 없다

어둠을 그을 흉터가 하나둘 켜진다

가릴 수 없는 소리였다

생각 연습

사이렌이 울리자 방탄 헬멧을 들고 안전한 곳으로 달렸다
장미가 아름답게 핀 공원이었다

몇명은 늦도록 달려오지 않았다
모두가 누구 죽었다, 누구는 죽은 거야 웃으며 말했다

실제로 죽는 건 연습이 없다

나중에 나중에 해골에 박힌 군번줄로 너를 찾아야 할 때
해골로 산 날이 더 많을 때도 누구 죽었다 웃을 수 있겠니

웃지 않아야 하는데
달리기만 하면 웃음이 나왔다

사이렌이 그치고 남은 몇명이 걸어오고 있다

나중에 나중에 평화의 아이들이 공을 잃어버릴 어떤 수풀
을 차근차근 헤치며

보호자

아이를 낳는 꿈을 꾸고 내가 누군가를 보호할 수 있을까 생각했습니다 누군가의 누군가가 되는 일을 나는 잘할 수 있을까 생각했습니다 그러는 동안 너는 일어나지 않습니다 나는 누워 벽면이나 벽면이 만나는 천장이나 천장이 만나는 부분을 보았습니다 일어나 벽지마다 번진 곰팡이를 닦아봅니다 네가 일어나기 전입니다 나는 어둠처럼 축축하고 잘 번지고 있습니다 '매사에 적당한 선을 지키는 게 좋다' 사물이 망가지는 꿈을 꾸고 해몽을 찾아보면 언제나 적당한 선을 지키라고 합니다 망가지는 건 잘못되는 일과 잘될 일의 중간선이었습니다 가족이 죽는다고 꼭 불행한 일은 아니었습니다 무서운 꿈이나 너무 슬퍼 깬 꿈도 좋은 일일 수도 좋지 않은 일일 수도 있으나 이가 빠지거나 이가 흔들리는 위태로운 꿈은 대체로 좋지 않은 일을 예견하곤 했습니다 그러나 좋지 않은 일은 방지되지 못하고 반성으로 끝났습니다 나쁜 일이 지나고 돌아오는 길에서 그때의 악몽이 문제였구나 생각합니다 그러나 나의 잘못으로 악몽을 꾸는 것이 아니므로 나의 반성으로 미래를 막을 수는 없지 않겠습니까 어느 날은 푸른 언덕에서 종일 구르는 꿈을 꾸었지만 아무 일도 일어나지 않았습니다 온몸이 녹색으로 물들 때까지

굴렀지만 침대에는 흔적이 남지 않았습니다 벚꽃이 분홍색이라 생각했지만 꿈속으로 들고 들어간 나의 벚꽃은 너무나 눈부신 흰색이었습니다 그것은 어느 봄날 수자원공사의 주차장에서 본 아름다운 벚꽃을 베낀 것이었습니다 그렇게 꿈에는 내가 넘겨놓은 이미지가 나의 무대를 만들어냅니다 청소년에게 한계 없이 꿈을 꾸라 말하지만 사실 한계가 있는 것입니다 그래서 검색할 때마다 이미 내 꿈을 꾼 이들이 나오는 것이겠지요 다들 비슷비슷한 꿈을 빌려주고 미리 꾸고 아껴 꾸고 아직 꾸지 않는 것이겠지요 그런데 자고 있는 너는 언제인가 검색해도 나오지 않는 꿈을 꾸었다 말했습니다 비가 밀려오는 미끄럼틀 아래 흙을 쌓아 물을 막는 꿈이었다고 물에 불은 흙이 미숫가루처럼 뭉쳐 흘러가는 걸 지켜만 보았다고 다음 장면에는 마치 징검다리처럼 지붕들만 보였다고 말입니다 있잖아, 홍수나 지붕이나 장마로 검색했으면 나오지 않았을까? 나는 말했지만 너는 여전히 오로지 자신만 꾼 꿈이라고 했습니다 그리하여 나는 생각되는 것들을 찾아보지 않기로 했습니다 나는 생각되지 않는 것들보다 생각되는 것들이 만드는 생각이 무섭습니다 내가 아이를 낳았고 한번은 생각해봤던 일이었습니다 내가 아이를 낳았다니 내가 아이를 낳았습니다 초로 둘러싸인 곳에서 기도하는 사람들 사이에서 아이를 낳았습니다 축하드립니다 아들입니다 나는 낳은 아이를 안아보지 않고 생각하고 있었습니다 생각하지 말아야 하는데 내가 아이를 낳을 수 있었다니 그렇게 생각되는 순간 깨어났습니다 깨어나지 말 걸 그랬다고 말하고 싶지만 이미 선을 넘어버린 것이었습니다

공양

같은 돌인데 개를 닮은 돌에는 아픔이 느껴졌다 같은 돌인데 사슴을 닮은 돌에는 들판이 느껴졌다 같은 돌인데 천년 왕릉을 지킨 석상에는 영원이 느껴졌다

그래도 영원한 건 없다

금색의 부처가 앉아 있다

계신다 생각하면 부처는 계신다
그러나 없음까지도 생각에서 지워야 한다

수많은 여념이 쌓였고
돌도 털어보면 먼지가 났다

이곳에 맞지 않는 생각을 해버렸다
그 틈에 떨어뜨리자 맑은 종소리가 났다

유정

　한번은 걸려 넘어졌다 한번은 그것이 아름다웠다 한번은 강가에 던졌고 한번은 언 강 위에 굴렸다 나의 한번은 쏟아졌으며 나의 한번은 파탄되었다 너는 키우고 나는 길러졌다 너는 그것이고 나는 무엇이었다 무엇과 그것은 가만히 있었고 살짝 움직이기도 했다 도망치려 했고 잡혀 돌아오기도 했다 사실의 탁란을 훔쳐보았고 낳는 것이 아니라 뱉어졌다 그것은 자란 것이었으며 무엇도 살아 있지 않았다 진실의 마음은 토마토처럼 으깨져 접시에 올랐다 망연히 식사를 기다리며 아침과 저녁의 차이를 습득했다 아침에 모여 나에게 물었다 나는 대답하지 않았다 다시 저녁에 모여 너에게 물었다 너는 끝까지 대답하지 않았다 잠에 들지 않게 계속 흔들어 깨웠다 속삭였다 조용했으며 단단했다 그쳐버렸고 이내 살아 있는 척했다

천사의 양식

아이들은 지치지 않았다 아이들의 놀이를 바라보며 아이들과 놀아주는 어른을 응원했다 힘내세요 더 힘내세요 울지 마세요 곧 끝날 것 같아요 아이들은 좀처럼 멈추지 않았고 간식으로 준비한 옥수수는 다 식어버렸다 어른이 모두 지치고 어른의 시선 밖에서 아이들은 떠내려오고 아이들이 물에 빠질 때마다 물이 튀어 올랐다 내 얼굴에 물을 뿌리던 아이는 물속으로 숨어버리고 찾을 수 있을 것 같았지만 다른 아이가 나오자 잃어버렸다 떠내려가는 신발을 찾아와 신겨주는 아이는 어른처럼 보였다 아이들의 웃음이 점점 파랗게 변해갔다 아이들은 아이들을 따라 놀러 가고 이제 집으로 가야 해 집으로 갈 시간이야 그만 물에서 나오고 있는 아이들이 어른의 수보다 많았다 아이들이 물에서 나온다 아이들이 물에서 자랐다 수건에 감싸이고 젖은 신발이 늘어가고 줄지어 앉아 파란 입으로 옥수수를 뜯어 먹는다 너무나 빨리 그것을 다 먹어치우는 것을 바라보는데 아이가 다가와 나를 흔든다 같이 가자고 같이 놀자고 나는 일어나 신발을 찾았지만 없었다 신발을 신었지만 양말이 젖었다 불은 발에 맞지 않는 양말을 끝까지 잡아당겼다

감자 있는 부엌

아버지가 묻는다

그때 그 감자를 찾으려 했는데 못 찾아 먹지 못했소 당신
은 그 감자를 어디에 두었나

어머니가 답한다

검은 가방에 넣어놨어요
그 안에 가득 감자가 들었는데 못 보았어요?

그 안에 들어 있을 거라 생각하지 못했어 왜 그 안에 감자
를 넣어두었소

감자는 깜깜한 곳에 넣어두어야지요

아버지가 답한다
그렇지, 그래, 감자는 깜깜한 곳에 넣어두어야지

감자는 깜깜한 곳에 넣어두어야 한다

열어보기 전까진 몰라도 괜찮다

부엌은 감자가 있는 부엌으로 생각하면 그만

이곳에 없거나 잃은 것을 생각하기보다
그것을 담은 가방이 어딘가 있다 생각하면 살아가게 된다

생각 나가기

상자가 이렇게 크게 접힐 줄 몰랐다
다 채우지 못할 것 같았는데

그 생각까지 다 담았다

막상 넣지 못한 것이 떠올랐다

붉은 갈대숲 그물이 쳐진 호수 붕어를 잡는 순간 서성이
고 어색한 표정 늘 짝다리 짚는 너의 모습

테이프로 붙여도 터질 때가 많아요
괜찮아요, 깨지는 건 없어요

상자를 접는다
더 넣는다고 무너질 일 없겠지

몸보다 큰 생각을 몸도 버티고 있으니까

제 2 부

사람을 하는 중이다

유니폼

생각하기에 따라 달라질 수 있는 일이에요

그렇게 하지 말아야지 했는데
그대로 한 일은 사과드려요

내 안에
내 모양대로 언 얼음이 있었죠

그걸 잠시 녹이기 위해 안고 있던 거라면
조금 사랑이 될 수 있을까요

어떤 날엔 개를 맞히는 아이들을 소리 질러 쫓아내고
어떤 날엔 내가 개였으면 좋겠다고 생각했어요

그걸 맞히다니

너무 무딘 마음엔 폭력이 성취로 느껴지곤 했지요

개새끼를 게이새끼로 잘못 들어

버럭 화부터 낸 건 잘못한 일이었어요

저 새끼도 사는데 내가 왜 못 살아
삶의 이유를 찾은 것도 죄송한 일이고요

미안한 일들은 유리처럼 옮겨놔요

품새를 연습하듯 단번에 끝낼 날이 오겠죠

그 일은 잘 해결 중이신가요
실패를 두려워하지 마시고 꼭 성공하세요

그때까진 보이는 대로 믿어주실래요

그 일을 하러 가는 중이에요 사람의 일을 말이에요

개평

조금 얻어 올 수 있었다

전부를 걸어 얻을 것은 좀더 넓어진 의미의 전부였기에
내가 걸었던 것도 그것뿐이었다

국수를 삶는 어머니
국수를 삶는 냄비가 바글바글 끓는 저녁이다

검지를 엄지에 이렇게 동그랗게 말면 한 사람이고
좀더 크게 동그랗게 말면 두 사람도 넉넉히 먹일 수 있다

운동장에서 아이들이 서로의 손을 잡고
더 넓은 원을 만들고
가운데로 모이며 더 작은 원을 만들어낸다

커졌다가
작아지는

놀란 눈동자를 본 적 있다, 내가 본 도형 중

가장 슬픈 정수리였다

일의 뒤에 줄을 세우면 숫자가 커졌고 커지다 못해 감당할 수 없었다
영의 뒤에 줄을 세우자 아무 의미도 없었다

다 먹을 수 없을 양도 먹다보면 다 먹을 수 있다
그런 양을 다 해치우다보면

못 이룬 꿈보다 가끔 못 먹은 밥이 생각날 수도 있겠다는 네 말이 생각난다

그 미련이 가끔 웃기는 저녁이다

분명 누가 굴러떨어지고 깔아뭉개지고 보이지 않는 낭떠러지로
데굴데굴 무릎을 안고 있는데

엄마, 배고파요

그게 유언인 삶도 있는 저녁인데

부러진 소면은 배수구에 흘려보내며 아주 가는 분노를 생
각한다

다들 걸러져 접시에 올리는 일인분을 가졌고
다들 저녁 다음에는 아침이 있었다

문화광

광장에서 횡단보도의 신호를 기다리는 부부 옆에 아이가 서 있다 아버지는 묻는다 저기에 뭐라고 쓰여 있니

아이는 문화광, 읽는다

왼쪽과 오른쪽을 틀리게 읽었지만 아이는 오른손을 들고 간다

조가만가

　우리가 티끌이라는 것을 아신다 쉽게 쓸어내고 버리지 않
으실 거면 왜 이렇게 슬프게 창조하셨을까 태어나고 싶어
태어난 것도 아닌데 열심히까지 살라 하시는 하느님, 한번
나로 태어나 살아보세요 여기까지 아침 토스트에 잼을 바
르며 기도를 했다 오늘은 당연히 죽지 않을 거고 오늘은 점
심을 거르고 날 좋은 날에 카페에서 커피를 마셔야지 그래
요 나는 살아 있습니다 나는 지금까지는 살아 있습니다 옷
에 난 보풀을 뜯어내어 탁자에 모으고 다 불어 날렸습니다
작은 종을 흔들고 종소리를 멈추기 위해 종을 감싸 쥐었습
니다 작은 종을 울리고 합장을 하고 그 여운을 나는 죽였습
니다 나는 불을 만지고 물을 마시고 울지 않았습니다 나는
흰옷을 입고 학교에 갔습니다 나는 흰옷이 검게 그을리도록
마당을 쓸고 한곳에 모아 다 태워버리고 연기를 따라 무언
가를 추모한 것 같은데 그게 무엇이었을까 무엇을 먹던 옷
에는 냄새가 배고 나는 깊은 향냄새가 되고 왜 우리는 모두
천국에 가지 못할까 구청에 가야 하는데 시청에 가버린 오
늘 언젠가는 제대로 갈 수 있겠지 그런데 하느님, 내 친구가
말했습니다 그 친구가 천국에 간다면 차라리 지옥에 가고
싶다고 저도 지옥에 가겠습니다 개가 있는 천국은 죽어도

싫습니다 여기까지 말하다 저녁밥을 안치며 물 조절을 잘못한 것 같았지만 나는 잔뜩 묽어진 한그릇의 식사를 앞에 두고 기도합니다 누군가의 배 속에서 소화되지 않고 먹먹하게 버티기를 배가 고프면 슬퍼지고 배가 고프면 저녁노을만 봐도 누군가 보고 싶다 착각하게 되고 나는 묻습니다 나의 허기가 어쩌면 그리움보다 중요하지 않으냐고 기도합니다 오늘도 일용할 양식을 남길 수 있음을 이 저녁을 지옥으로 미루고 내일도 살 거라는 믿음으로 나는 플로어 등을 켜고 불을 모두 끄니 하느님이 꼭 옆에 있는 것 같았지만 나밖에 없었다

에티켓

내 삶이 실례라는 걸 안다

거리에는
슬픈 노래가 많아지고

계절에 맞는
감정이 다양해지고

집은 불러도 말이 없다

가로등을
촛불이라 생각하자

기도하는 목소리가
먼저 소란이 됐다

밀려가는 비를 따라 잠겨드는 입

웃을 일이 없어

웃는 걸 연습하며

엉킨 농담을
징그럽게 건저내며

쉽게 깨질 몸을 겨우 숨긴다

숨 쉬지 않으면
사는 걸 잊는다

말하지 않으면
들키지 않는다

비는 내리고
살기 힘든 곳에

새들이 먼저 세를 든다

분신

내가 어둠일 때
세상은 옮겨 가진 모닥불

벼락이 내리쳤다
하느님은 잃어버린 게 그것뿐이기에

번진 빛은 단번에 수거된다

전염된 마음에 물을 부었다
조금씩 살아나는 잿더미

그 속에는 경첩들이 있다

검은 문을 이끌고
꽉 쥔 손안으로

오로지 하얀 손바닥이 있다
서로의 이마에 얹은 채

검은 마스크를 쓴다
검게 물든 얼굴을 숨기기 위해
하얀 이를 들키지 않게

우는 모습과 웃는 모습을

세상이 어둠일 때
여자일지 남자일지 모르는

사이렌이 가까워진다

무력의 함

먹지 않으면 똥은 안 나올 줄 알았다

통을 들고 복도에 나오면 보통의 세상이다
자꾸 깨어 있는 곳이다

깨진 화분처럼

물을 넣으면 물이 나오고
밥을 넣으면 똥이 나온다

자라는 게 없는 손아,

자꾸 잡아보고 힘을 쥐어보고 쥐여줘도 잡히지 않는다

무당 아줌마,
기억해?
혼자 쓸쓸한 관이 된 사람 있잖아
너는 쓸쓸하게 박스가 되게 두지 않을 거야

오랜 혼잣말은 가끔 대화가 되고
돌릴 수 없는 게 자식의 마음이라면 부모의 고집은 헛된
드라이버질이겠지

십자가

제일 들어맞지 않는 것

어느 날 네가 먼저 깨어나 나를 내려다보았다
그런 날 역시나 나만 먼저 깨어나 잠든 너를 바라본다

잡을 몸이 또 줄었네
그래도 표정이 좋다

그런 억지가 희망이 되는 곳에선 잠든 이만 꿈을 꾸었다

신도시

바다는 바다이고 바다는 바다이며
그리움은 그리움이 아니었다 눈물은 모두 눈물이 아니듯
슬픔이 어디 모두 슬픔일까

지옥에 사는 이들이 불길이 덜 닿는 곳을 분양하고 있었다

시인은 모두 자기가 만든 신에 관해 얘기하기 바빴고
종교인은 모여 건물을 짓고 있었다
모이면 기도를 하기로 했지만

하루도 기도하지 않고 벽돌만 날랐다

바다는 바다이고 바다는 바다이며
그리움은 그리움이 아니었다 눈물은 모두 눈물이 아니듯
슬픔은 어디로 가서 슬픔이 되었을까

오빠! 고생 많았어!
외치는 어머니를 부여잡고 그날 밤은 형제가 죽는 꿈을
꾸었어도

이토록 내가 죽을 꿈은 꾸지 못했다

화장터 앞에 늦게 만개한 꽃도 죽음이면 죽음이고
유골함에 새겨진 난과 대나무를 비교해주며
이것은 여성용 이것은 남성용 구분하는 것도 사회이면 사
회이겠지만

어차피 근육은 뼈보다 먼저 재가 되는 것

바다는 바다이고 바다는 바다이며
그리움은 그리움이겠지 눈물은 모두 눈물이 아니듯
슬픔 안에 어디 슬픔으로 가득할까

나는 죽지 말아야지
나는 죽지 말아야지
나는 죽지 말아야 하는데
먼저 죽고 싶지 않은데
꼭 죽어야만 한다

그러나 돌벼루가 물이 될 때까지 슬픔에도 구멍이 날 때까지 어금니가 송곳니가 될 때까지 뼈와 나무뿌리가 헷갈릴 때까지 살아서, 살아내서 정녕 살아버렸으면 좋겠다

　엄마! 미안해!
　나 편하자고 죽어버리고 싶을 때가 있어

　어쩔 수 없이 죽게 되는 날
　전자레인지에 잘못 돌린 비닐처럼 내 온몸은 비밀로 가득하겠지
　그런 나를 녹은 컵처럼 바라보며 온종일 우울하겠지 나의 부모는

　그러나 바다는 바다이고
　말하지 않아도 될 일은 말하지 않아도 되는 일이 되고

　확인서를 받아 와야 하는 도시는 도시로 있겠지

관에서 새는 물을 보며
재가 되는 것이 낫겠다 싶은 묘지엔 아파트가 들어설 것이고
바다가 보이는 방향과 봉분이 보이는 방향의 분양가 차이가 생겨날 것이고

바다는 바다이고 바다는 바다로 있겠지만
그리움도 그리움이겠지만 눈물은 꼭 눈물로 밀려올까
슬픔은 잠겨 죽지 않게만 슬픔이었으므로

바다 앞 옷고름 풀린 봉분은 노래처럼 흔들거리고
커튼을 다는 창이 많아지겠지

바다는 바다이고 바다는 바다이며
그리움은 그리움이 아니듯 눈물은 모두 눈물이 아니듯
슬픔이 꼭 슬픔으로 되돌아오진 않는다

밤손님

인사는 돈이 들지 않기에 잘 정리해 장롱에 모셨지만 어느 날 밤 도망가셨다 인사는 돈이 들지 않지만 돈은 발이 넷 달려 있어 두 발 달린 내가 쫓아가지 못했다

어느 날에 인사가 되돌아왔다 평화가 이 집에 머물렀다며 나는 방문한 인사를 모시고 차를 내주고 발을 닦아드리고 종일 얘기를 들었다 밤이 되자 돈을 두고 나가셨다

내 머리맡에, 작은 전등 아래 인사는 외투를 잊은 채 가셨다 문을 여는 소리, 서툴게 잠긴 문을 따는 소리 나의 인사는 받아주지 않으시고 찬 바람 한가닥이 내 몸을 감쌌다

가셨구나, 다음에 오실 때는 평화도 함께 오셨으면 좋겠다 어느 날은 싫고 어느 날은 좋은 당신이 티브이 옆 성상 앞에서 꾸벅꾸벅 기도하고 있다 그 사람 이미 왔다 갔어, 그 사람 저기로 나갔어 말하지 못했다

주파와 시속

아이는 자기가 치타처럼 빠른 줄 안다
달리기가 좋아

달리다보니 아버지를 앞질러 가버렸다

치타의 아버지는
어른 치타처럼 울었다

소리가 나지 않는 소리를
닫아둔 채

소리는 갔다

평원이었다

푸른 초원은 무언가를 짓기 전이거나
허문 곳에 있었다

무능의 호

인부가 삽을 가지고 갔다

저기 일하는 사람이라고
잠시 빌리겠다고

인부는 사라졌다

높은 펜스가 서 있다

그곳 너머 공터에서
무엇을 높이 지을 것이라 했다

인부는 하루 일이 끝나
씻고 돌아간 것 같았다

삽은 어디에 있을까

인기척 없는 공터에는
몇개의 구덩이가 있는데

그중 하나는
내게 딱 맞는 모습으로

높은 펜스가 서 있고

삽이 가지런히 기다리고 있다

도리어

　고양이나 강아지의 울음을 따라 해도 우리는 사람으로 태어나 사람이었다

　사람이기에 사람의 일을 하는 것을 슬픔이라고 불렀다
　버리지 못할 슬픔을 사람의 꼬리라고 불렀다

　건물에는 불이 꺼지고 켜진다
　빈 침대가 생기고 사람이 사라진다

　사람의 일과 동물의 일은 생명의 일로 같아 그런데 고양이나 강아지도 겪는 일을 사람만 요란하게 해내려 해

　건물에는 불이 꺼지지 않고
　벤치에 앉은 너를 안아보았다

　빈 페트병처럼 곧 찌그러질 듯이 그러나 생각보다 비어 있지 않은 너에게

　어떤 말도 하지 않기로 했지만

다짐은 포옹을 버텨내지 못했다

다정이 가장 아픈 일이 되었다

돌아오는 새해에 사람이라면 사람의 일을 잊지 말아야겠
다 생각한 일은 새해를 넘기지 못했다

그림자 같은 고양이들이 꼬리를 묶고
사라지는 것을 본다

그림자 같음을 걷어내기 위해

고장난 스위치처럼 너무 많이 깜빡인 눈꺼풀
너무 많은 침대가 생겨나고 있었다

제 3 부

그 생각이 대신 가고 있다

명절

집인데 집에 가고 싶다

숨으려 할수록 계속 들켰다
놓친 수염을 발견한 사람처럼

한가닥 외로움을 뽑아주려 한다

괜찮아요, 기르는 겁니다

미래라는 생각의 곰팡이

공동묘지엔
비공동체적 침묵이 존재한다

윗부분만 깎은 사과를
서로 나눠 먹는 동안
너무 익은 분말 같은 속살을 씹는다

여기에
온몸을 납작 엎드리는 인사는 누가 시작했을까
슬픔은 일종의 세리머니
승기를 올리듯
썩은 것엔 곰팡이가 피듯

시체는 깨진 체온계

붙잡고 종일 울 것 같지만 만지기도 꺼려지는 것
이미 부풀어 오르고 싹이 난 감자가 되고
살았던 것보다 길게
그런 긴 환상을 잊을 만큼 따분한 상태였다

시체에게
영혼은 철 지난 상상일 뿐이고
여름은 무성한 잡초를 키울 뿐이니까

도려내고 싶다 사과에 난 곪은 상처처럼
깨물어 뱉어버리고 싶다 상자 밑 사과처럼
그만 멍들지 않게
남은 사람은 슬픔의 테두리를 도려내 버려야지
붉음
개가 꾸지 못하는 색깔의 낮잠처럼
살짝만 좌절하고

자는 개를 깨우면
개의 표정도 경멸을 담을 수 있음을
그걸 보고 웃는 인간을 이해하려는 노력으로

괜찮다는 마지막을 남기고
계속해 시체가 되는 버그가 있다

이해한다
'

성장하는 건 역시 끔찍한 것이군
멋쩍은 듯 던져진 것이
종일 땅으로 떨어지지 않았다

분수대

불을 지폈던 사람들이
불을 끄지 못했던 기억을
씻겨내고 있었다

공원에는 사슴 동상이 있고 물이 고여 있다

창문을 닫는 생활과
창문 밖에 서 있는 것과
창문 없이도
밖을 보던 벽을 기억하기로 했다

물을 길어봤던 이들의
목소리가 고이거나 넘쳐 흘러가고
물이 솟아오르고
젖지 않겠다 달려가도
젖었다

언덕 위의 포도나무
가지가 엉켜 녹색 지붕을 만드는 덩굴

웃자란 이들이 잘려 불 속으로 들어가던 날

물지게를 지고 달려가던
아이들의 손에는 이제 자기를 닮은 손이 뻗어나오고

아무도 처벌받지 않았다
누구도 잘못 없는 건 아닌데

아이들만이 애써 끄덕이며 이해하고 배운다
그늘 밖에 누워 젖은 몸을 말린다

화풀이로

화를 어렵게 포장하는 사람이 있는가 하면
너무 쉽게 묶어두어 저 편할 때 풀어내는 사람이 있다

꽁꽁 싸매고 가슴 깊이 숨겨둔 사람은
구멍을 모두 막은 방 안에서

눈물에 질식하기도 했다

나는 묻고 싶었다

침묵 아래 몽둥이를 숨겨두고 휘두르지 않았냐고
분노 안에 날 선 것 하나 없었냐고

그러나 어렵사리 풀어낸 상자 안에는
너무 오래 숨긴 나머지 사용법을 잊은 것이 있었다

이제 그만 쉬어야겠어요
말하며 보일러실에 들어간 것이다

그곳에 손톱깎이를 놓고 나왔다

더는 잘라내지 않고
그들의 이마나 볼에 깊은 상처를 내겠습니다

이런 용기는 잘 깨지지 않는 스테인리스강 그릇처럼
떨어져 빙글빙글 돌기만 했다

자율

수업 종이 빈 운동장에 울린다

아이들은 조용하다 모두 창문 앞에서 노을을 보고 있다

선생님은 공장이 많아 저렇게 보라색이라고
아이들은 멍처럼 번져가는 하늘이 어두워질 때까지

우리에게서 무엇이 사라지는지 바라보고 바라보고

그때 누가 말했을까
옥상마다 널어둔 옷들이 춤을 추는 것 같다고

노을이 끝난 창은 거울이 되고 어떤 흔들림이 얼굴에 드
리운다

아이들은 정해진 자리로 돌아간다

빈 운동장에 버려진 공이 불 켜진 교실을 본다
어둠 속에서 누가 손을 흔들고 있다

교대

등대에서 뻗어나가는 빛이 손을 흔든다
빛이 스치고 지나가자 보이던 게 보이지 않았다

졸고 있는 개를 쓰다듬고 또 쓰다듬으며
녹슨 계단의 비명을 발걸음으로 착각하며

기대는 계속 적막을 잡아먹는다

언제 오는 걸까 언제까지 말을 하지 않을 수 있을까
파도는 멈추지 않는데 여기는 왜 고요할까

주전자에서 김이 뿜어지고 훈기가 가득할 때
창문을 열자

촛불이 모두 꺼졌다

등대에서 뻗어나가는 빛이 바다를 닦아내고 있다
누군가 오고 있었는데 빛이 지나가자 보이지 않았다

그림자

엎지르지 말아야 한다

교복을 입은 채 죽음을 작정했던 이유는
들키고 싶지 않은 일로 둔다

저녁이면 나만 외곽에 있는 기분이었다

가만히 있어도
테두리가 생기는 건 조금 위로 같았다

어떤 인연이 끝났다
학교 종이 울리듯 깔끔하진 않았다

그 끝의 가능성을 치약처럼
시험해봤는지 모른다

잊고자 하는 일이 이렇게 어둡구나

나는 나보다 무거운 의미를 내려놓았다

그 이래로 내가 생각으로 지은 죄는
모두 용서받고 싶었다

문안

달걀을 까서 앞에 놓아주고 있었다
너는 겨울이 아닌 날에도 입김을 만들 수 있다

입을 오래 다물고 있던 네가 입을 열자
흰 연기가 피어나기 시작했다

그걸 놓치면 다른 무언가도 놓칠 것 같았다

목련 가지마다 껍질 벗긴 달걀이 앉았다
아침이면 도로에 잔뜩 으깨져 검정으로 죽었다

그런 걸 보며 검은 눈이라 말하고
그런 비유가 숙연해지는 순간이 싫었다

봄인데도 겨울이라 말하는 건 괜찮다
그래, 올해 겨울은 유난히 길다 말해주면 된다

짐승이 먹지 못하는 건 분리해 버려야지
껍질의 파편을 침 묻혀 하나씩 올린다

하나하나 검은 봉지에 들어가는 걸 보며
너는 무슨 생각을 하고 있는 것 같았다

무슨 생각을 하지 않으면 어떡할까
그 생각이 대신 미래를 방문하고 있었다

생각 믿기

힘을 풀라고 했다
두려움을 느끼는 순간

무거워져 가라앉는다

찬물에 삶은 면을 풀어내듯
두 팔을 저어보라고

마음이 물결이 되는 느낌으로

수심은 잴 수 있어도
사람의 마음은 알 수 없지

물도 사람도
냅다 누워버리면 그만

깊이는 알려 하지 말고
잉크를 떨구듯

가끔은 핏방울처럼
조금은 파도처럼

어떤 발버둥은
어떤 파장이 될 수 있다

깊어지려 하지 말자

깊이 없는 다짐이
나를 살리고 뭍으로 인도한다

기쁨 형제

나의 형제는 배다른 슬픔

창천동에 집을 구했고

나는 연희동에 산다

밤이면 우리 집 우유 구멍으로

누가 손을 넣는다

열쇠를 찾다가 사라진다

나는 놀라 소리쳤고

나의 지혜가 말했다

저것은 너의 형제야

슬픔은 기쁨에게 온다

아무 날도 아닌 그날

먼저 내 집에 오고

먼저 요리를 하고

먹고 뉴스를 보고

내쫓아도 나의 형제는

따뜻한 물로 샤워를 한다

나의 침대 하얀 이불 밖으로

흰 발을 내밀며 잠든다

기록

설원에 떨어진 피가
그렇습니다

고름 진 붕대를 감고

총이 얼어붙지 않게
몇발

허공을 쏘았습니다

새들이 떠난
설원이었습니다

몇개의 발자국을 따라
너는 왔습니다

문을 열고 들어옵니다

설피를 벗고

너는 곤히 잠듭니다

가르마를 바꾸어주고
잠든 붕대를 풀어주었습니다

안부

각자 믿는 신에게 따지고 돌아오는 길이었다
신과 했던 대화를 해주며 힘을 내어 걸어갔다

산양의 젖은 말라버렸고
산양의 요리법을 생각하기 전에 갈림길에 도달하였다

온 힘을 다해 평화를 빌어주었지
각자의 마을로 사라지는 것을 바라보며

모두 가다 서다 사라졌을 것이다
눈물을 참으려 하늘을 보았을 것이야

홀로 성벽이었던 돌무더기를 오른다

멀리 나의 오두막이 있고
피 흘려 가족을 이룬 돌무덤이 보인다

다시 돌아갈 힘은 어디 있을까

제 4 부

사랑에 개연성이 있겠습니까

유지

명심하렴

아무리 안아도 남의 꿈엔 갈 수 없단다

잘 자라, 서정아

그은 것도 잊은
오래된 문장처럼

서사 없이도 사랑은 할 수 있단다

서가를 지키는 이

언제까지나 조용해야 합니다
침묵해야 합니다 다른 사람에게 피해가 가지 않도록
음료와 음식물 섭취는 금지입니다

서가에서는 생각이 말을 앞지른다
생각은 숨이 없는 목소리

재채기를 회무침이라고
뱉는 사람도 있다

윤희는, 회무침
이라고 생각을 뱉습니다

그런 생각을 한 적 없지만 그런 말이 나와버릴 때가 있고
그런 말은 그런 생각을 담지 않았지만
그런 생각으로 이해될 때가 있었다

말은 사람의 그릇이었고
말과 생각이 같은 그릇에 있으면

영혼의 비빔이라고 분류하기로 했다

괄호는 그릇된 영혼을 담기 좋았으므로
소리 내 읽지 않아도 되는 생각을 담아놓고 싶었다

생각의 기반은 무엇이었을까요
인간이라는 시스템은 생각을 기반으로만 움직인 것은 아
닙니다

마지막 도서관은
먼 항해를 떠나는 중이었다

그렇다면 무엇인가요?

여기에는 오류가 많았다
분명 본 것이었는데 보지 못한 것이 있었다

되, 돼, 안, 않
같은 것에 분노하는 중에도

틀리고 다른 것에

같고 미묘한 것에

사랑과 사랑이 아니라 말하는 사람들이
기억하기로 한 것과
기억하지 못한 것을 찾아내 기억하기로 협의했다

그곳에 도착해야 했다

마지막 도서관이 추락하는 날에
갈대를 사서 심은 도심의 옥상이었다

서가를 옮겨야지
서가를 지켜야지

마지막 디바이스는 그런 생각을 했다

기분은 노크하지 않는다

한강이 없다

순식간에 끝나는 터널을 지나고 있었다

놓친 손을 빠르게 다시 잡을 때
온기가 밝아진다

영혼은 빈 유리컵에 뱉은 담배 연기
알 수 없어 뒤집어놓곤 한다

바뀐 신호를 따라
인파가 나를 밀어낸다

놓칠세라 어깨를 잡는 얼굴을 바라보며

생경하다 믿어버린
녹슨 생각은 접어두고 펼치지 않았다

여기는 여기에

한가득 나를 채워두고 갈게요

올이 풀린 연기가 되어

커터칼을 뺐다가 넣다가
여전히 그을 수 없는 몸 어딘가처럼

편지도 구석부터 어두워졌다

저기는 저기에

없다

아직도 막차가 다닌다 아직은 보고 싶지 않다
누구에게 말해야 할까

어둠은 미안해

너는 참 상냥하고 다정한 불빛이다

옥상에 올라가 보았던 화재는 우리와 상관없는 일
초를 끄자 뜨거워진 당신 속으로

마음을 보는 끔찍한 생각에 빗금을 내듯 번개가 내리쳤다

굳은 촛농 안에서 우리는 그을렸다

우리는 잘 타오른다
어깨 너머로 불을 계속 보고 또 보았다

민들레를 태운 날처럼 멍하게
왜 그래요? 묻지만 말은 하지 않았다

불이 이는 걸 보는 게 좋았다

불타지 않을 어둠에 라이터를 켠 채로
조금 밝은 얼굴로

마음만 먹으면 침입하기 쉬운 등대에 대해 말하며
마음은 어떻게 먹는 거야, 어떻게 끌 수 있을까

파도는 늘 다르게 해변을 만들었다
발자국은 오래 기다리지 않는다

우리는 붉은 구름으로 가득했고
온통 뭉개진 생물

뭉쳐지고 흩어지는 비를 맞고 있었다
식어버린 하루를 보았고

연착되는 마음을 알았다

멀리 기적이 울고 손 흔드는 사람이
안녕, 하는 것인지 안녕, 하는 것인지 알 수 없었다

기계 차이

종점은 기계 고등학교였다

시침과 분침은 멀어지게 돌려도
한번은 만난다

말해주기 전까지 잘못을 몰랐다

실수를 몰랐고
올라탔고 내려버렸다

마지막은 마지막을 앞서간다
처음과 끝은 같은 곳에서 기다린다

기계라서 시계를 가만히 바라보는 느낌을 모르고
기계는 자신의 칫솔에 쌓이는 물때를 슬픔으로 생각할 필
요 없다

그래서 기계는

초승달이 예쁘다 연락을 하고 그건 그믐달이야 말해주지 않는다

기계 고등학교에 내렸다는 걸 알려줄 뿐

고백

철봉 같은 고요가 그리울 때
지금도 꺼내봐요

나, 그 빨간 호루라기 아직 있어요
근데 용기는 아직도 없어요

그땐 그럴 수밖에 없었어요

고드름

잠시 녹았을 때 다 흐르지 못했다

가만히 있었다
도망치지 못한 내가

사람은 제일 아팠던 말을 잊지 않아
꼭 그 말로 다른 이를 찌르고 싶어 해

너는 녹을 때까지 안아보자 했다

서로를 깊숙이 찌르며
온몸이 젖을 때까지

괜찮지? 웃으며 바라보는데
내 손엔 아직 들린 것이 있었다

더 아픈 줄 알았는데 나만 녹지 못했다

타르통에 빠졌다고 했다

평화를 얘기하는 어르신은 남은 것이 평화뿐이다

평화는 그래서 부럽다

애인을 애인으로 부르지 못하고 집을 우리 집이라 부르지
못하고 그 어떤 것에도 평생을 붙이지 못하는데

차별은 차별을 붙인다
차별은 차별로 나눠진다

모두 모여 불을 들었지만 함께 모인 성냥은 너무 높게 너
무 빠르게 타버렸다

모두 몇걸음 안에 부서질
재 같은 몸을 이끌고 돌아갔다

광장에는 캔 하나 없었다
그것만이 뉴스로 애국가 전까지 나왔다

결혼할 수 없는 너는
빠진 생쥐라고 했다

뭐에 빠졌다고?

한국은 타르통이라 했다

애인

애인은 여당을 찍고 왔고 나는 야당을 찍었다

서로의 이해는 아귀가 맞지 않았으므로 나는 왼손으로 문을 열고 너는 오른손으로 문을 닫는다

손을 잡으면 옮겨오는 불편을 참으며 나는 등을 돌리고 자고 너는 벽을 보며 자기를 원했다

악몽을 꾸다 깨어나면 나는 생각한다
나를 바라보고 있는 애인을 바라보며 우리의 꿈이 다르다는 것을

나는 수많은 악몽 중 하나였지만 금방 잊혔다

벽마다 액자가 걸렸던 흔적들이 피부병처럼 번진다 벽마다 뽑지 않은 굽은 못들이 벽을 견디고 있다

더는 넘길 게 없는 달력을 바라보며 너는 평화, 말하고 나는 자유, 말한다

우리의 입에는 답이 없다 우리는 안과 밖
벽을 넘어 다를 게 없었다

나는 나를 견디고 너는 너를 견딘다

어둠과 한낮 속에서 침대에 누워 있었다 티브이를 끄지
않았으므로 뉴스가 나오고 있다

수련이 피기까지

너한테선 상처를 덮은 밴드 냄새가 난다

가렵지만 뜯어보곤 했다 가만히
잠들어 있는 걸 알면서도
그 속에는 작은 점

같이 누워 결혼에 대해 얘기하던 홍천의 밤하늘
흰 침대보
잔뜩 어지러운 별자리
긁다보면 모든 게 상처였다
흰 이불
얼굴까지 끌어당기고 무성한 머리칼을 만졌다
잠들어 있는 걸 알면서도
따라잡을 수 없는 얼굴

사랑도 담요로 덮으면 무엇이 들었는지 모르겠다
웃는 소리는 아닌데
눈에 든 멍을 하늘을 가져다 가리고 싶었으나
자꾸 손바닥 밖으로 빠져나왔다

우리는 어떤 자세에 열중했지만
제대로 성공한 것은 없었다, 이별을
서운한 일이라고 말해줬지 차렷 자세로 누워서 말이야
주머니가 없는 몸이었지만
넣어 갈 수만 있다면
네 마음을 키워 꽃을 피워보고 싶었다

손등에도 그게 있네
나랑 같은 오른손에 그게 있어
사실 나 죽을 만큼 힘든 적 없었다
사실일 것까지 없는데 나도 그런 적 없다
우리는

불효에 대해 생각하면
서울이 모두 불에 타도
우리는
주먹 꼭 쥔 채 버틸 것이다, 지독하게
우리는

겨울 수감자처럼
서로를 안고 생존하려 했다
그렇지, 사랑보다 고귀한 거지
녹일 수는 없어도 죽을 수는 더욱 없으니까
잘 구운 상감청자처럼
내 몸을 초과하는 마음이 너무 많아도

우주는 다 계획이 있다
잎 속에 잎이 있듯

넘쳐날 건 없을 것이다

우리는 수렴할 것이니까
너 없는 지구라도 너 닮은 건 너무나 많을 것이고
같이 걸을 길은 자꾸 생겨나겠지
염치없이, 너 없는데도 말이야

홍천의 주일

꽉 움켜쥔 것은 무엇이든
손을 펴봐

내 점이야, 왼쪽 눈 밑에다 붙이고 살아
울음이 그친대

윙컷

마치 외로움을 가르칠 수 있겠다
그런 마음이 자라서 지루해

죽은 닭처럼 누워 울음이 뽑힌 자리를 만지며
오돌토돌 이것이 알레르기는 아닐까

남은 샌드위치처럼 있다보면
새장이 내게 세상이 되고

날개를 몇마디 더 자르자
혀가 서리처럼 번지기 시작했다

잘 죽지 못해서
창밖으로 예전과는 다른 노을이 고름처럼 굳고

거리의 연인들은 왜 숨을 나눌까
크레인에 앉아 있는 까마귀는 서럽지 않을까

날아간 만큼이 내 불만이어서

살아온 만큼씩 의문이 자랐다

다시는 말하지 말아야지
다시는 날아가지 않을 거야

내내 품은 적의가 안부로 느껴질 때
문이 열리고 너에게 간다

사랑해 사랑해요 말해도 떠나갈 걸 알면서

새로운 일상

우리가 거의 물이란 걸 알게 된 후
우리가 위태로운 물풍선 같다고 생각했다

그러면 이 뱃살은 모두 슬픔일 수 있다

사실 우린 흙에서 온 게 아니라는 사설을 본 후

나는 신은 없구나 생각했는데
너는 하느님의 눈물이구나 하는 것이다

다르다 생각하니 틀리지 않을 수 있었다

사람은 왜 죽는 거야 물은 날도 있지만
사랑은 왜 죽는 거야로 들어 답하지 않았다

같이 누웠지만 등을 돌리고 자다 깨는 날
서로의 것을 만져 간신히 살아 있음을 느낀 날

가끔 차갑고 외로운 악수 같은 때가 있었다

그런 비참한 날에도 먼저 일어나
알감자 같은 너를 바라보는 게 좋았다

네가 나보다 조금 늦게 출발한 세상이다

균형아, 나는 너를 안으려 조금 기울었다

사람의 슬픔과 사랑의 그릇

조대한

　미국의 비평가이자 연구자였던 시모어 채트먼은 헨리 제임스의 후기 소설을 분석하면서 생각과 문체 사이의 상관관계에 관해 흥미로운 언급을 남긴 바 있다. 그의 분석을 빌리자면 후기 제임스 문체의 특징은 '생각의 물질화' 또는 '정신 활동의 주체화'로 요약된다. 예컨대 '당신은 충분히 당당하지 못하다'(You are not proud enough)라는 내용의 문장이 제임스의 후기 소설에서는 대부분 '당신의 자신감은 충분하지 않다'(Your pride falls short)라는 식으로 변주되어 사용된다. 의미상으로 두 문장이 거의 유사한 뜻을 지니고 있긴 하나 본디 '당신'이 차지하고 있던 주체의 자리가 문체의 변화와 함께 '당신의 자신감'이라는 명사화된 주어로 대체되었고, 이처럼 추상적인 동사의 명사형을 부러 앞으로 배치한 제임스의 문장은 '무형의'(intangible) 생각이나 마음들이 주체로 부각되는 일정한 경향과 맞닿아 있다고 채트먼은 이야기한다. 그것이 작가의 의도였든 혹은 무의식중에 발현된 것이든 간에 유형의 인물들이 차지했던 주어의 자리는 후기 제임스의 문장들 속에서 이제 추상적인 무엇들의 몫이 되었고, 그때 인간은 마치 텅 빈 그릇처럼 무형의 감정들이 담기는 용기의 일종으로 전락하고 만다. 그러니까 어떤 언어의 형식들은 그것을 발화하는 존재들의 형태 없는 마음 그 자체가 되기도 하는 셈이다.

유수연 시인의 첫번째 시집 『기분은 노크하지 않는다』에서 가장 먼저 눈에 들어오는 것은 역시나 인상적인 표지 위에 적힌 의미심장한 제목일 것이다. 앞에서의 논의를 떠올려본다면 이 시집의 발화 혹은 행동의 주체로 내걸린 것이 보통의 인물 화자가 아니라 불명료한 '기분'이라는 점에 주목해볼 수 있겠다. 물론 이와 같은 수사법을 지닌 문구의 표제가 유달리 희귀한 종류의 것은 아니다. 하지만 표제시뿐만 아니라 「생각 담그기」「생각 만지기」「생각 밝히기」「생각 연습」「생각 나가기」「생각 믿기」 등의 의도된 연작들을 살펴보고 있노라면, 앞에서 언급한 '생각의 물질화'나 '정신 활동의 주체화'가 이 시집의 주된 특징 중 하나라는 가설을 충분히 이어나가볼 수 있을 듯싶다. 이 시집 속의 인물들은 자꾸만 떠오르는 "나를 버리고 싶은 생각"을 지워버리기 위해 끊임없이 운동장을 돌거나(「믿음 조이기」), "누를수록" 무성하게 자라나는 '말과 상념'들의 장소로 화하곤 한다(「생각 밝히기」). 이러한 시적 주체들은 '주체'라는 이름이 무색하게도 무언가를 스스로 발화하고 행동하는 존재라기보다는 여러 생각과 감정 들에 의해 수동적으로 끌려가는 존재이거나 혹은 그것들을 담아내는 틀에 불과하다는 느낌을 준다. 화자의 시점과 태도, 시적 주체가 대상을 대하는 묘한 거리감은 그와 같은 인상을 더욱 가속화한다. 몸에 "물을 채우면 물병이 된다"고 믿기라도 하는 것처럼 시인은 "나를 담은 게 나를 말한다"(「생각 담그기」)고 스스럼없이 이야기한다.

　그렇다면 그러한 시어들이 나타나는 양상들뿐만 아니라, 사물화된 주체들과 자기 몸을 넘어서는 생각들이 드러나게 된 연유를 좀더 자세히 들여다볼 필요가 있겠다. 어쩌다가 '나'는 무감한 감정과 사유의 그릇으로 화해 언어의 뒤편으로 밀려나야 했을까. 명료하지는 않지만 그 사정을 미약하게나마 짐작해볼 수 있는 아름다운 시 한편이 있다.

　　생각하기에 따라 달라질 수 있는 일이에요

　　그렇게 하지 말아야지 했는데
　　그대로 한 일은 사과드려요

　　내 안에
　　내 모양대로 언 얼음이 있었죠

그걸 잠시 녹이기 위해 안고 있던 거라면
조금 사랑이 될 수 있을까요

어떤 날엔 개를 맞히는 아이들을 소리 질러 쫓아내고
어떤 날엔 내가 개였으면 좋겠다고 생각했어요

그걸 맞히다니

너무 무딘 마음엔 폭력이 성취로 느껴지곤 했지요

개새끼를 게이새끼로 잘못 들어
버럭 화부터 낸 건 잘못한 일이었어요

저 새끼도 사는데 내가 왜 못 살아
삶의 이유를 찾은 것도 죄송한 일이고요

미안한 일들은 유리처럼 옮겨와요

품새를 연습하듯 단번에 끝낼 날이 오겠죠

그 일은 잘 해결 중이신가요
실패를 두려워하지 마시고 꼭 성공하세요

그때까진 보이는 대로 믿어주실래요

　　그 일을 하러 가는 중이에요 사람의 일을 말이에요
　　　　　　　　　　　　　　　　　　　—「유니폼」 전문

　위 시편의 '나'는 무언가를 오래도록 후회하고 있다. 정황이 구체적으로 드러나는 것은 아니나 그것은 아마도 모종의 폭력과 얽혀 있는 과거인 듯싶다. 화자는 가해자로 추정되는 이와 자신의 삶을 날것으로 비교하며 "삶의 이유를 찾"았던 일과 "그렇게 하지 말아야지 했는데" 참을성 없이 "그대로 한 일"들에 대해 자책하며 사과의 말을 건넨다. 과거에 경험했던 폭력과 사건의 크기가 너무나도 충격적이었던 탓일까. '나'는 누군가가 내뱉은 욕설과 주변의 난폭한 행동들에도 유다른 반응을 보이곤 한다. "개새끼를 게이새끼로 잘못 들어/버럭 화부터" 내기도 하고, 동물을 괴롭히는 아이들의 무심한 폭력을 목도하며 차라리 내가 그들을 맘껏 물어뜯을 수 있는 "개였으면 좋겠다고 생각"하기도 한다. 마음의 상처를 만들어냈던 과거들, 그리고 그보다 더 오래 흉터를 간직해온 혼자만의 시간들은 자신을 점차 잠식해갔고, 그런 '나'의 "무딘 마음엔 폭력이 성취로 느껴지곤 했"다.
　시집 속에는 이처럼 "꽁꽁 싸매고 가슴 깊이 숨겨"두어 "잘 깨지지 않는 스테인리스강 그릇처럼"(「화풀이로」) 단단

해져버린 마음의 응어리들과 즉각적인 용기가 없어 뒤늦게 야 "그땐 그럴 수밖에 없었"(「고백」)음을 전하는 고백의 문장들이 이곳저곳에 놓여 있다. 생각할수록 자기 자신이 미워지는 "미안한 일들"과 깊게 파고들수록 곪아가는 한없는 상념들을 마음 한구석에 조심스레 밀어둔 채 '나'는 다른 이에게 응원의 메시지를 남김과 동시에 "사람의 일"을 행하러 거리에 나선다. 위의 시는 이렇게 마무리되고 그 이상의 정보가 등장하지 않기에 "사람의 일"이 정확히 어떠한 의미로 사용된 표현인지 알아채기는 쉽지 않다. 시집 전체로 범위를 넓혀보면 그에 관한 언급이 두번 정도 더 등장하는데, 그것들은 모두 '슬픔'이라는 시어와 깊게 관련되어 있다. "슬픔을 가두는 건 사람의 일이었고/사람을 겹겹이 쌓는 건 사랑의 일이었"(시인의 말)으며, "사람이기에 사람의 일을 하는 것을 슬픔이라고 불렀다"(「도리어」).

연관된 문장들을 살펴보아도 아직은 다소 그 의미가 모호한 해당 시어의 뜻을 추측해보기 위해 시집 말미에 놓인 '시인의 말'의 문맥을 조금 더 참조할 수 있을 듯하다. "어떤 그릇은 그릇의 용도로 쓰이지 않"으며 "어떤 용도는 제 용도를 가둬주기도 한다"는 표현을 덧대어 짐작해보건대, 시인에게 사람이라는 존재는 슬픔을 담는 그릇의 일종으로 여겨지는 듯싶다. 하지만 그것은 때로는 자신의 용도를 가두는 그릇이기도 한 것 같다. 그렇다면 이런 해석도 가능하지 않을까. 삶의 고통과 상처, 참담한 설움, 슬픔이라 칭할 수밖에 없는 어찌할 줄 모르는 마음 들에 휘둘리며 살아가는 우리는 그것들을 담아내는 텅 빈 용기에 불과하지만, 이따금 제 용도를 스스로 가두어버릴 수도 있다는 것. 한발 더 나아가 그렇게 넘치는 슬픔을 자신의 몸에 가둔 채 평범한 일상을 살아가는 것이 곧 "사람의 일"이라는 것.

앞서 인용한 시의 제목이 '유니폼'인 이유 또한 그런 관점에서 충분히 겹쳐 읽어낼 수 있다. 유니폼은 규정에 따라 정해진 통일된 의복을 뜻하기에 대개 강요된 삶의 루틴을 나타내거나 개성을 억압하는 의미의 시어로 손쉽게 이해되곤 한다. 그러나 고통스러운 기억과 드러나지 않는 마음의 상처 탓에 오래도록 자신의 안으로만 침잠해 있었던 누군가에게는 그 평범한 외형과 "보이는 대로" 흘러가는 표면의 삶이 너무나도 절실하지 않을까. 어쩌면 그는 일상의 틀 안에 슬픔을 가둔 채 밥을 먹고, 출근을 하고, 사람들과 이야기를 나누며 살아가는 보통 사람의 일을 해보고 싶었던 것은 아닐까. 이렇게 보면 "사람의 일"은 "품새를 연습하듯" 정해진 루틴으로 구성된 삶을 제 몸에 습관화하는 과정처럼 보이기도 한다. "몸보다 큰 생각을 몸도 버티고 있으니까"(「생각 나가기」), 넘치려 하는 감정과 생각을 억누르고 그렇게 무감하게 지내다보면 정말로 아무 일 없는 평화의 순간들이 찾아오기도 하니까, 조금도 "웃을 일이 없"는 퍽퍽한 삶 속에서도 시인은 애써 입꼬리를 올리며 평범하게 "웃는 걸 연습하"(「에티켓」)려는 듯하다.

110

이러한 '연습' 또는 '습관'과 관련하여 일찍이 헤겔 등의 철학자는 그것들이 인간의 존재 조건이자 기반에 해당한다는 주장을 해왔다. 이때 대표적인 사례로 언급되는 것이 언어이다. 모국어를 사용하여 시를 쓰고 슬픔을 노래할 때 우리는 언어 문법의 세목들을 자세하게 의식하지는 않는다. 표현을 다듬고 일부 단어와 문장 들을 손보기는 하지만 외국어를 사용할 때처럼 문법적인 오류가 두려워 아예 글 자체를 시작하지 못하는 경우는 드물다. 주술의 호응, 적합한 조사의 사용, 문장의 배치 등은 어린 시절부터 반복과 연습을 거치며 이미 경험적으로 체득되어 있기 때문이다. 걷기나 달리기의 경우도 마찬가지이다. 아기들은 보통 수천번씩 넘어지고 나서야 겨우 걸음마를 떼는데, 이족 보행에 익숙해지는 순간 언제 그랬냐는 듯 걸음의 세부에는 거의 신경을 쓰지 않게 된다. 그러니까 습관은 강제된 반복과 훈육으로 시작된 것이 맞지만, 일정 시기가 지나면 오히려 인간의 자유로운 발화와 행동을 위한 조건이 된다는 것이 그들의 일관된 주장이다.

이에 더해 캐서린 말라부는 그렇게 습관적으로 형성되는 존재이기에 인간은 불가피하게 사라져가는 주체일 수밖에 없다는 말을 덧붙였다. '주체'라는 것이 자신의 판단으로 생각하고 자유로이 행동하는 존재를 의미하는 데 반해 본디 습관이란 의식의 판단 없이 오랫동안 되풀이된 연습 과정에서 익숙해진 기계적인 행위를 지칭하는 것이기에, '인간'이

무의식적 습관과 반복에 의해 형성되는 존재라는 앞선 논리를 받아들인다면 사람이 지닌 자발적이고 창의적인 주체성은 그 과정에서 소거되는 것이 당연한 논리적 수순일 터이다. 그렇다면 일상의 유니폼을 입은 채로 슬픔을 억누른 텅 빈 용기가 되어 "사람의 일"을 반복하는 '나'는 의사가 소실된 수동적인 존재이자, 자신이 만들어온 습관적 허상에 완전히 동화되어 본연의 주체성을 상실해버린 흐릿하고 무감한 주체의 표상인 것인가.

하지만 말라부는 또 그렇게 사라져가는 주체들은 시간을 통해 새로이 탄생하는 주체이기도 하다는 점을 이야기했다. 연습과 습관을 그저 창의적 가능성을 지워버리는 정형화된 행동으로 여길 수도 있겠으나, 언어 문법의 훈련과 습득을 거쳐 낯선 문장들을 창발적으로 만들어내는 아이들의 모습처럼 그것은 현재의 특정한 반복을 통해 미래의 가능성을 소유하는 행위로 간주될 수도 있을 것이다. 마찬가지로 우리는 슬픔을 습관적으로 반복하고 학습하여 그것들로부터 자유로워진 후에야, "자신의 칫솔에 쌓이는 물때를 슬픔으로 생각할 필요 없"는 무감한 일상의 "기계"(「기계 차이」)가 되고 나서야 새로운 감정을 위한 텅 빈 시간의 가능성을 획득할 수 있는 것이 아닐까. 그러니 슬픔을 가두던 시인의 그 연습들은 사람의 감정을 구속하는 제약인 동시에 사람으로서 자유로이 살아가고자 하는 필사적인 마음의 움직임이 아니었을까.

이렇게 짐작해보지만 여분의 의문들이 완전히 해소되는 것은 아니다. "슬픔을 가두는 건 사람의 일"이라는 표현이 지닌 역설적인 슬픔과 그로 인해 생겨나는 새로운 마음의 가능성들에 대해서는 어느 정도 수긍이 가지만, 그와 짝을 이루는 "사람을 겹겹이 쌓는 건 사랑의 일이었다"라는 문장은 여전히 그 의미가 불명확하다. '사랑'에 관해서라면 앞서 용기를 내어 거리로 나섰던 「유니폼」의 시적 화자가 다음과 같은 표현을 남긴 바 있다. "내 안에/내 모양대로 언 얼음이 있었죠", "그걸 잠시 녹이기 위해 안고 있던 거라면/조금 사랑이 될 수 있을까요". 이 같은 얼음과 물, 즉 무언가가 녹고 흐르는 이미지의 시어들과 얽힌 사랑의 흔적은 이 시집 곳곳에서 포착된다. 가령 이런 시이다.

너한테선 상처를 덮은 밴드 냄새가 난다

가렵지만 뜯어보곤 했다 가만히
잠들어 있는 걸 알면서도
그 속에는 작은 점

같이 누워 결혼에 대해 얘기하던 홍천의 밤하늘
흰 침대보
잔뜩 어지러운 별자리
긁다보면 모든 게 상처였다

흰 이불
얼굴까지 끌어당기고 무성한 머리칼을 만졌다
잠들어 있는 걸 알면서도
따라잡을 수 없는 얼굴

사랑도 담요로 덮으면 무엇이 들었는지 모르겠다
웃는 소리는 아닌데
눈에 든 멍을 하늘을 가져다 가리고 싶었으나
자꾸 손바닥 밖으로 빠져나왔다

(…)

손등에도 그게 있네
나랑 같은 오른손에 그게 있어
사실 나 죽을 만큼 힘든 적 없었다
사실일 것까지 없는데 나도 그런 적 없다
우리는

불효에 대해 생각하면
서울이 모두 불에 타도
우리는
주먹 꼭 쥔 채 버틸 것이다, 지독하게
우리는

겨울 수감자처럼
서로를 안고 생존하려 했다
그렇지, 사랑보다 고귀한 거지
녹일 수는 없어도 죽을 수는 더욱 없으니까
잘 구운 상감청자처럼
내 몸을 초과하는 마음이 너무 많아도

우주는 다 계획이 있다
잎 속에 잎이 있듯

넘쳐날 건 없을 것이다

—「수련이 피기까지」부분

위 시편 속의 '나'는 사랑하는 이와 함께 누워 "결혼에 대해 얘기하던" 어느 겨울날의 기억을 되새김질하고 있다. 전쟁을 암시하는 듯한 시적 표현과 '홍천'이라는 특정한 도시의 배경으로 미루어볼 때, 이는 아마도 연인 중 누군가가 군에 복무하던 시절의 기억인 듯싶다. 다만 흰 이불을 덮고 앞으로 함께할 미래에 대해 이야기하던 애인과의 그 시절이 단순히 애틋하고 행복한 추억으로만 서술되는 것은 아니다. '나'는 '너'에게서 종종 "상처를 덮은 밴드 냄새"를 맡는다. 그것은 일상에의 연습과 누적된 시간의 두께로 가려져 있다

해도 온전히 지워지지 않는 '너'와 '나' 각자의 고유한 어둠인 것 같다. 차디찬 상처도, 뜨거운 "사랑도 담요로 덮으면 무엇이 들었는지 모"를 것이기에 '우리'는 애써 그것들을 서로의 어설픈 손짓으로 가려보려 하지만, 움켜쥐어도 자꾸만 흘러넘치는 별무리처럼 그 흉터들은 "자꾸 손바닥 밖으로 빠져나"오고 만다. "긁다보면 모든 게 상처"가 될 '너'와 '나'가 할 수 있는 일이란 그저 서로의 상처를 맞대고 닿지도 않을 미약한 온기를 전해주는 일뿐이다.

  '우리'는 그렇게 몸을 맞댄 "겨울 수감자처럼/서로를 안고 생존하려 했다". 흙과 진물로 범벅이 될 것을 알면서도 각자의 상처를 꼭 부둥켜안은 채 한 시절을 버텨냈던 '너'와 '나'의 모습은 사랑이라기보다는 아마 살아남는 일에 가까웠는지도 모르겠다. 흙의 표피를 파낸 홈집에 이물질을 채운 뒤 "잘 구운 상감청자처럼", '우리'는 서로의 상처를 긁고 후비며 기이한 슬픔의 무늬를 만들어왔지만 제 몸에 유배된 '너'와 '나'의 단단한 얼음을 쉽사리 "녹일 수는 없"었던 것 같다. 이처럼 시인에게 사랑이란 "제일 아팠던 말"과 가장 오래된 상처를 부딪치며 "서로를 깊숙이 찌르"(「고드름」)는 일이자, "우리의 꿈이 다르다는 것"(「애인」)과 "아무리 안아도 남의 꿈엔 갈 수 없"(「유지」)다는 것을 천천히 깨닫는 과정과 다름없다. 실로 비참한 것은 그것이 서로에게 아무런 영향도 끼치지 못한다는 점이 아닐까. '너'와 '나'는 각자의 투명한 유리벽에 남긴 희미한 입김으로만, 서로의 "안과

밖"(「애인」)에 새긴 예리한 홈집으로만 사랑의 흔적을 확인
할 수 있다. 깊어질수록 고독해지는 그곳에서 "나는 나를 견
디고 너는 너를 견딘다"(같은 시).

> 우리가 거의 물이란 걸 알게 된 후
> 우리가 위태로운 물풍선 같다고 생각했다
>
> 그러면 이 뱃살은 모두 슬픔일 수 있다
>
> (…)
>
> 사람은 왜 죽는 거야 물은 날도 있지만
> 사랑은 왜 죽는 거야로 들어 답하지 않았다
>
> 같이 누웠지만 등을 돌리고 자다 깨는 날
> 서로의 것을 만져 간신히 살아 있음을 느낀 날
>
> 가끔 차갑고 외로운 악수 같은 때가 있었다
>
> 그런 비참한 날에도 먼저 일어나
> 알감자 같은 너를 바라보는 게 좋았다
>
> 네가 나보다 조금 늦게 출발한 세상이다

균형아, 나는 너를 안으려 조금 기울었다

──「새로운 일상」부분

시집의 마지막 시편이다. 작품 속의 '나'는 "우리가 위태로운 물풍선 같다"는 이야기를 꺼낸다. 언제 터질지 모르는 위태로운 슬픔들을 몸 안에 머금고 있지만 결국은 서로의 마음을 뒤섞거나 나누지 못하는 자신들의 모습을 바라보면서 '우리'의 "뱃살은 모두 슬픔"일 것이라는 자조 섞인 농담을 더하기도 한다. '우리'는 매일 한 이불을 덮고 서로의 몸을 맞대며 까무룩 잠이 들지만 출렁거리는 물풍선처럼 각자 찌그러지거나 이지러지기만 할 뿐이다. 서로의 속과 심연을 나누지 못하는 '우리'의 관계는 "차갑고 외로운 악수"처럼 느껴지기도 한다. 그런 '나'에게 "사람은 왜 죽는 거야"라는 '너'의 질문은 "사랑은 왜 죽는 거야"라는 질문으로 겹쳐 들려온다. 발음조차 유사한 '사람'과 '사랑'이라는 시어를 시인이 어떠한 함의로 사용하고자 했는지 정확히 알 수는 없지만 유한한 '사람의 끝'과 '사랑의 결말'이 비슷한 운명의 궤도를 그리게 된다는 점에서도, 이해할 수 없지만 맞이해야 하는 불가피한 파국이라는 점에서도 두 단어는 꽤나 닮은 듯하다.

그러니 시인이 부러 슬픔을 가두고 무감한 일상 속에 익숙해지고자 스스로 노력했던 것은 그 이유를 알 수 없는 사랑이라는 감정에 빠지지 않기 위해서였는지도 모르겠다. 내가 어찌할 수 없는 존재에 휩쓸려 생의 둑이 무너지지 않도록, "구멍을 모두 막은" 홀로 남은 '나'의 "방 안에서//눈물에 질식"(「화풀이로」)하지 않도록, '너'의 깊은 상처와 어두운 심연에 더는 매혹되지 않도록 시인은 재차 다짐한다. "깊어지려 하지 말자", 그런 "깊이 없는 다짐이/나를 살리고 뭍으로 인도한다"(「생각 밀기」). 다만 마지막까지 조금 의아한 것은 그러한 사정들을 익히 깨닫고 있는 시인이 끝까지 '너'를 향한 접근을 멈추지 않는다는 점일 것이다. 같이 있을수록 깊은 외로움을 체감하게 되는 "그런 비참한 날에도" '나'는 그저 "너를 바라보는 게 좋았다"고 바보처럼 되뇐다.

끝내 "다정이 가장 아픈 일이 되"고 사랑으로 새겨진 상처는 더욱 깊어지기만 하리라는 것을 알고 있음에도 "빈 페트병처럼 곧 찌그러질 듯"한 '너'의 마음과 '나'와 닮은 듯 다르게 곪은 '너'의 상처 앞에서, 반드시 무감해지리라 다짐했던 시인은 '너'의 서툰 "포옹을 버텨내지 못"하고 "사람의 일을 잊지 말아야겠다"(「도리어」)는 약속 또한 지켜내지 못한다. 그것은 "사람의 일"을 하며 살아가는 스스로의 일상을 위협하고 파괴하는 일이라는 점에서, 필연적인 생존의 영역이 아니라 아무런 개연성도 이유도 없는 불가해한 생의 영역에 놓인 일인 것 같다. "서로의 것을 만져 간신히 살아 있음을 느"끼는 기이한 '우리'의 벽 앞에서, '너'와 '나'의 불가능한 점이지대에서, 사람과 사람이 겹쳐질 수 있다고 믿는 "그런 억지가 희망이 되는 곳"(「무력의 함」)에서 시인의 사랑은 시작되는 듯하다.

우리들의 "영혼은 빈 유리컵에 뱉은 담배 연기"(「기분은 노크하지 않는다」)에 불과하고, 변덕스러운 기분들과 흘러넘치는 슬픔들은 서로를 더욱 깊은 늪에 빠뜨릴 뿐 '너'와 '나'는 결국 벽을 두드리는 일에 실패할 것이지만, "사랑해 사랑해요 말해도 떠나갈 걸 알면서"(「윙컷」)도 시인은 한없이 '너'에게 간다. 예견된 실패와 상처로 수렴될 것을 알면서도 찰나의 일렁임이 시작되었던 순간, "네가 나보다 조금 늦게 출발한 세상"에서 '나'와 다른 모습을 지닌 "너를 안으려" '나'의 삶 전부가 "조금 기울었"던 바로 그 순간, 시인의 슬픔과 사랑을 목격했던 우리들의 마음의 좌표 역시 이미 조금쯤 낯선 모양으로 그 형태를 뒤바꾸었을지도 모를 일이다.

趙大韓 | 문학평론가

어떤 그릇은 그릇의 용도로 쓰이지 않는다
어떤 용도는 제 용도를 가둬주기도 한다

사람이 꼭 사랑할 필요가 없듯이
사랑이 꼭 사람의 이유일 필요도 없다

슬픔을 가두는 건 사람의 일이었고
사람을 겹겹이 쌓는 건 사랑의 일이었다

2023년 겨울
유수연

창비시선 485

기분은 노크하지 않는다

초판 1쇄 발행 / 2023년 2월 17일
초판 4쇄 발행 / 2024년 6월 26일

지은이 / 유수연
펴낸이 / 염종선
책임편집 / 김가희 박문수
조판 / 박아경 황숙화
펴낸곳 / (주)창비
등록 / 1986년 8월 5일 제85호
주소 / 10881 경기도 파주시 회동길 184
전화 / 031-955-3333
팩시밀리 / 영업 031-955-3399 편집 031-955-3400
홈페이지 / www.changbi.com
전자우편 / lit@changbi.com

ⓒ 유수연 2023
ISBN 978-89-364-2485-5 03810

* 이 책은 서울문화재단 2019년 첫 책 발간 지원사업의
  지원을 받아 발간되었습니다.
* 이 책 내용의 전부 또는 일부를 재사용하려면
  반드시 저작권자와 창비 양측의 동의를 받아야 합니다.
* 책값은 뒤표지에 표시되어 있습니다.